One baby

escrito e ILUSTRADO por

Elayne Baeta

CIP-BRASIL. CATALOGAÇÃO NA PUBLICAÇÃO
SINDICATO NACIONAL DOS EDITORES DE LIVROS, RJ

B132o

   Baeta, Elayne
     Oxe, baby / texto e ilustração Elayne Baeta. - 10. ed. - Rio de Janeiro : Galera Record, 2024
     il..

   ISBN 978-65-5981-042-0

    1. Poesia brasileira. 2. Ficção brasileira. 3. Literatura brasileira. I. Título.

21-72122   CDD: 869
                                     CDU: 821-134.3(81)

Camila Donis Hartmann - Bibliotecária CRB-7/6472

Copyright © 2021 por Elayne Baeta

Todos os direitos reservados.
Proibida a reprodução, no todo ou em parte, através de quaisquer meios.
Os direitos morais da autora foram assegurados.

Texto revisado segundo o novo Acordo Ortográfico da Língua Portuguesa.

Direitos exclusivos de publicação desta edição adquiridos pela
EDITORA RECORD LTDA.
Rua Argentina, 171 - Rio de Janeiro, RJ - 20921-380 - Tel.: (21) 2585-2000,

Impresso no Brasil

ISBN 978-65-5981-042-0

Seja um leitor preferencial Record
Cadastre-se em www.record.com.br e receba informações sobre nossos lançamentos e nossas edições.

Atendimento e venda direta ao leitor
sac@record.com.br

kickboxer	**147**
plano	**149**
sexo	**151**
sede	**154**
pervertida e suja	**159**
tenho ten	**163**
escorregadeira	**165**
romântica	**167**
rebelião	**168**
tridimensional	**172**
morango do nordeste	**175**
we all wish we were cats	**176**
tântrica	**179**
flebe	**183**
e um pouquinho do braço	**188**
me abrir uma porra	**190**
hiatus	**193**
prece	**195**
duelo	**196**
fade out	**198**
suicidas românticos	**203**
Eu vejo filme demais, acabo tendo esperança	**205**
you said go, i said oxente	**207**
pacto	**210**
cítrica	**211**
o ego de uma poeta não sabe dançar	**213**

gostasse?

um dia eu
vou ter um
livro de poemas

~~MEU CADERNO~~
~~DE POEMAS~~
~~TÁ MEIO RISCADO~~
~~E VELHO,~~ ~~MAS~~ REPARA
A BAGUNÇA

Para todas as meninas que já conversaram comigo olhando para a minha boca. Mesmo eu sendo menina também.

MESMO O MUNDO SENDO CONTRA.
MESMO QUE JÁ TENHAM EXISTIDO ALICATES PARA ARRANCAR OS NOSSOS DENTES POR ISSO
útil, sutilmente
OLHANDO PARA A MINHA BOCA
ENQUANTO EU DIGO COISAS ALCOÓLICAS,
recito o que não deveria
& BEBO POEMAS

um aviso poético

warning

Você não precisa ser lésbica para entender quando
eu falo sobre amor ou sobre dor. Você só precisa
amar, você só precisa doer.
Para entender uma pessoa, basta outra.
Arraste uma cadeira e, se der, me leia.
Estou entre os espaços de uma palavra e outra;
se puder, me olhe.

SER UMA MENINA QUE GOSTA DE MENINAS É SIM ALGO BONITO

o processo evolutivo das borboletas

Quando eu saí do armário, minha mãe me chamou de maldição. Hoje, ela diz que, se eu não passar ferro na minha camisa direito, nenhuma menina vai olhar pra mim. Esse é o máximo que eu sei sobre o processo evolutivo das borboletas.

descoberta

Descobrir
Também é
Erguer o pano de algo
Que estava coberto
O que descobrimos
Já estava lá
Desde antes
Embaixo de um pano
Quieto
Esperando a hora
Enquanto todos ouvíamos mpb distraídos

O pano que cobre a parte das meninas que querem meninas é costurado delicadamente por essa senhora envergada a quem chamamos de Época.

O pano do vestido das meninas não sei exatamente quem costura.

Mas me descubro
Toda vez
que ela se descobre
Toda vez que ela me descobre
Eu descubro toda vez
Que quando nos descobrimos
Ganhamos da época

Enquanto todos ouvem mpb distraídos

nunca confunda um esconderijo seguro com um lar.
você <u>não</u> mora aqui.

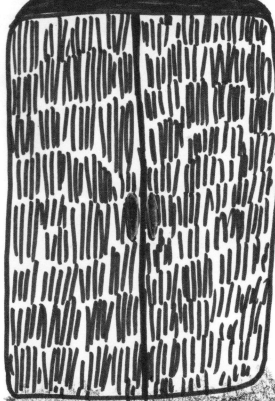

uma hora você vai conseguir sair

nervosismo

É a festa de aniversário de alguém
Você acha o que do Pedro?
Nada
Você acha o que do Matheus?
Nada
O Vitor disse que tiraria o seu bv
Hum
Você quer?
Não
Você acha o que do Cadu?
Chato
Você acha o que do Guilherme?
Metido a besta
Mas ele é rico
E a gente com isso?
Nada
Você acha o que do Ricardo?
Nada
Você acha o que do Luan?
Nada
E do Lucas? São gêmeos
Também nada
Você acha o que do Nando?
Nada

Você acha o que do Pedro?
Já respondi
E você acha o que do Davi?
Quem é Davi?
O irmão da Letícia
Que Letícia?
Letícia, Letícia
Ah, ela veio, foi?
Foi
E meu cabelo tá como?

você sabe do que eu estou falando

Tentando enganar a mim mesma
Disse várias vezes em voz alta
Tudo o que eu gostava em tantos meninos
Pra eu mesma me ouvir
E tomar como verdade
Namorei com um
Escrevi um poema pra outro
Tudo o que se sacudia dentro dos meus vestidos era falso
Eu gostei mesmo
De muitos meninos
Mas ferver é outra coisa
Por vezes me senti ingrata
"Todas as meninas acham Leonardo bonito,
qual é o seu problema?"
Alguns atores me confundiram muito
No meio desse caminho
Garotos em pôsteres de banda
E alguns amigos depois que tiraram o aparelho
Mas no fundo
Estava lá

Sempre esteve
Ferver é outra coisa
Demorou, mas eu entendi
Poderia estar fingindo até hoje
Sei que muitas ainda estão
Posando em fotos ao lado de seus namorados
Dizendo em voz alta tudo o que gostam neles pra ver se
    elas mesmas se escutam
e acreditam
Eu sinto muito por isso
Cada uma leva seu tempo
Uma senhora pode estar se envergando agora
Do lado de seu Leonardo
E entendendo tudo com oitenta anos
Nunca é tarde demais
Um dia nós simplesmente nos damos conta
Enquanto controlamos com cuidado
A temperatura da água do chá
Que ferver é outra coisa

NO CÉU DA MINHA BOCA
SÓ VOAM GAROTAS

até esse bicho pequeno que voa sabe

As borboletas no meu estômago querem garotas. Como eu vou dizer não? Voam ouriçadas. Pousam nos "Vamos sair?" que eu não digo. Querem, querem, com urgência. De um lado pro outro, afobadas. Pousam nos "Você já ficou com meninas?" que eu não pergunto. Não param quietas, ininterruptas. Desviam de todos os garotos, pousam no seu vestido.

cine itaguari

Sempre que reparo em qualquer lugar escuro, discreto e escondido, penso em quantos beijos entre garotas já foram protagonizados nele. Amaldiçoados sejam os que beijam em público sem medo nenhum. A adrenalina desgraçada de marcar um cinema pra não ver o filme nunca será entendida por quem beija em paz. Todas as minhas duas mãos, todos os lugares em que elas já couberam ao som de todos os filmes que eu já perdi. E todos os cantos de festa. E todos os banheiros fodidos de sujo de bares. E quando a coragem rasga o peito e se arrisca um beijo no semáforo? Todos os tiros e murros que "em nome de Deus" me esquivaram. O sangue que eu não derramei por sorte. O filme a que eu não assisti por sorte. Por azar, o ingresso caro. Todos os meus dez dedos. Todos os dedos que couberam. Nenhuma música francesa e nenhuma bossa nova entenderia o tom desse texto. Ouço Carla Bruni cheia de ódio. Amaldiçoados os que foram pro cinema e assistiram ao filme em paz e se amaram — em paz — na volta pra casa. Numa cama macia, num lençol mais caro que o meu ingresso. Toda minha falta de cautela quando a luz se apagava. Todos os meses dentro dos meus dezessete anos. Quase transas cinematográficas. A vontade de não dizer corta. O filme com máxima duração possível. Minha juventude, minha roupa bem-passada, minha cidade atrasada, meus tantos romances proibidos. Pra

hoje poder ir ao cinema e ver o filme inteiro. Porque depois, no lençol caro, eu tenho todas as minhas duas mãos livres (pra ela). A falsa paz de poder fazer isso. A mulher lésbica assumida, que usa jaqueta pra assistir a um drama pela metade do preço. Ainda há olhares e piadas, ainda há um caminho longo a ser percorrido pra que eu caia na maldita paz dos amaldiçoados. Que se beijam por aí, sem riscos. Até lá e atrás de mim, muitos ingressos de cinema jogados fora. Beijos no escuro, trilha sonora de filme de ação, balas que não nos acertam. Garotas se beijam em todos os buracos dessa cidade. Tantas. Não consigo contá-las em todos os meus dez dedos. Mas desejo a elas ingressos pela metade do preço. Gostar muito de cinema começou assim. Indo pra não assistir à porra de nada. Ah! Que feliz é um filme de duas horas.

humaitá

acho bonito as meninas que se beijam
e respiram fundo

como se o ar
tivesse
impregnado
com as coisas que não dizemos

EU AINDA NÃO SABIA, MAS ESTAVA PERTO DE DAR UM BEIJO NA MENINA QUE BRINCAVA DE NADAR SEREIA <u>COMIGO</u>.

EU VOU ME APAIXONAR,

ELA NÃO.

Minhas barbies já se beijavam na boca nessa época e eu gostava às vezes de botar corações nos pingos dos is.

mary jane watson

lembro que fiquei intrigada com o beijo do homem-aranha
   com a mary jane.
embaixo da chuva e de cabeça pra baixo.

fiquei um tempão me perguntando a sensação
e me imaginando dando aquele beijo...

na mary jane.
eu sentia vontade
de dar beijos de cinema em garotas
antes mesmo de me dar conta
de que daria nelas
beijos de qualquer coisa.

conselho pré-histórico

dizer certamente lhe causará náusea
e não dizer já lhe causa ansiedade
mas garotas se beijam desde as pinturas rupestres
olhe pra ela e fale

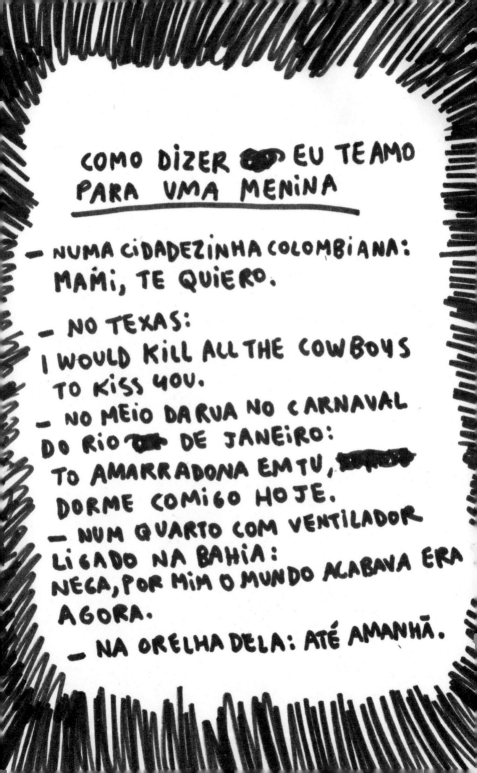

não é só uma fase, são inúmeras

Não é só uma fase, são inúmeras. Tem a fase em que tudo nos empurra para a heterossexualidade. Em que só vemos e ouvimos coisas sobre princesas serem salvas por príncipes; que, quando um garoto implicante trata a gente mal, é porque ele tem uma queda por nós; seguimos brincando de "casinha" com nossas panelas enquanto os vemos brincar de astronautas e super-heróis. A segunda fase é sobre nossa prima que casou cedo e sobre como "achar o cara certo" é a maior conquista que uma mulher pode ter na vida. Também é sobre as regras de uma religião escolhida pela nossa família, que dita desde muito cedo no que devemos ter fé ou não. Nessa fase, os garotos são encorajados pelo pai a ir atrás da filha dos outros e nós, quando não somos a "filha dos outros", somos a irmã que não pode saber sobre a própria sexualidade. Tentamos caber onde não cabemos. Moldamos nossos sonhos, aparência e comportamento pra ganhar aplausos de uma família que só nos apoia se seguirmos o que querem de nós, para ganhar afeto de homens que não amamos. Trocamos nossa felicidade e nossa essência para caber numa sociedade que não nos quer como super-heroínas ou astronautas. E aí conhecemos outras mulheres que se sentem como nós. E descobrimos o frio na barriga, o suor, a adrenalina, a paixão, o prazer, o carinho, o respeito e os poemas de amor. Nós as beijamos. E beijá-las

é a coisa mais corajosa, bonita e verdadeira que já fizemos em toda nossa vida. Nós nos encontramos. Elas nos levam além do céu como se fôssemos astronautas, e lutamos contra o preconceito como se fôssemos heroínas de nós mesmas. O amor entre duas mulheres sempre será contestado pelo mundo, e isso em si já é um ato de homofobia. Fomos feitas para amar, mas não umas às outras. Eu nunca vi ninguém dizer que a heterossexualidade era uma fase, eu nunca vi um garoto e uma garota precisando se validar o tempo inteiro como um par nem tendo que se esconder, "disfarçar" ou temer. Por que é que NÓS precisamos? Foda-se o mundo, nós somos malditas astronautas! Somos as princesas que se salvaram! Nosso amor é heroico! Então que venham mais inúmeras fases! A vida é feita de várias! E que tenhamos ORGULHO em todas elas.

adrenalina pura

você não sabe o que é adrenalina
se nunca flertou com uma menina
sendo você também menina
podendo levar um murro na boca
de um cara invejoso
podendo gaguejar e levar um murro na boca
do seu próprio dialeto
podendo tropeçar
podendo babar
podendo cair na frente dela
podendo ter um ataque cardíaco
podendo cair um raio na sua cabeça
podendo olhar pro peito dela
sabendo que você também tem peito
quiçá as mesmas coisas lá embaixo
adrenalina pura
podendo cair em um ataque cardíaco
podendo tropeçar em um cara invejoso
podendo babar em seu próprio dialeto
podendo levar um murro na boca de um raio
sabendo que as coisas lá de baixo
também tem peito
na frente dela

ESTOU SUBSTITUINDO POR CORAGEM TODO O MEU MEDO DE AMAR.

~~TENHAM MUITO~~ CUIDADO ~~comigo~~

orgulho

como poderia eu,
uma menina,
segurar publicamente
a mão de outra menina
e sentir qualquer outra coisa
que não seja orgulho?
quanta coragem
é necessária
para ser mulher
e amar outras mulheres?
não como se ama uma amiga
ou uma mãe
eu estou falando sobre afeto
estou falando sobre fúria
eu estou mandando um brinde aos beijos
que não damos escondido
estão todos contra nós
ouvirão falar de nós
como poderia eu,
lésbica,
sentir qualquer outra coisa que não orgulho?

pronunciamento

Existe um pouco de mim em todas as pessoas que cospem depois que me olham. Existe um pouco de Deus em todos nós.

Mas gostar de mulheres me separa do bando.

É difícil ser amaldiçoada. Sei que, se estivéssemos todos trancados na mesma cozinha, ninguém encostaria nas minhas colheres. Mas como não estamos trancados e não há uma cozinha em que eu seja dignamente permitida, como de mão — tipicamente nordestina —, nos fundos.

Quando quero me sentir uma estrela da novela das nove, viajo de volta pro interior em que cresci. É difícil andar sem tropeçar em olhos.

Para as minhas vizinhas interioranas, para os meninos que tentei, para alguns parentes, para os "não tenho nada con-

tra, mas", para esses profetas, para as mães nas quais pensei ouvindo Cássia Eller, para o coral da igreja, para as amigas que pararam de trocar de roupa na minha frente, para o rapaz que me prometeu um murro no queixo e para todos que cospem, sou a própria maldição.

Aos que ainda nutrem qualquer esperança de me ver numa casa de campo com um bom marido, crianças brincando e dois cachorros de grande porte, minhas sinceras condolências.

Amaldiçoada —
Sou incurável e implacavelmente atraída por garotas.
De modo que não tenho mais jeito.

Se passasse agora um grupo de meninas da minha idade correndo desbragadas e eu esquecesse de me segurar com firmeza em alguma coisa, eu iria com elas ao vento.

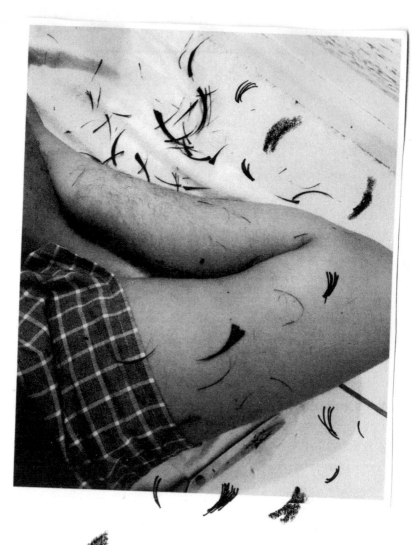

"LIBERDADE"

lésbica o tempo todo

Eu sou lésbica o tempo todo. Quando deixo um rastro de gotas de água no chão enquanto procuro nua a toalha que eu esqueci, quando numa crise de ansiedade decido cortar o meu próprio cabelo, quando olham com desdém pros pelos que eu não quis cortar. Eu ainda sou lésbica quando não sou convidada. Quando falam de mim, bem ou mal, estão falando sobre uma mulher lésbica. Quando meus gemidos saem da minha boca, eles dançam lésbicos. Ainda lésbica quando erro. Especialmente quando erro. Lésbica quando minha camisa gruda em mim de tanto suor, seja por qual for o motivo. Eu sou lésbica o tempo todo. Eu giro lésbica pela festa. Eu bebo lésbica. Eu choro lésbica. Há dezenas de coisas que eu sou além de ser lésbica, há dezenas de coisas que não sou por ser lésbica. As pessoas olham pra mim, alguns olhares eu sinto nos meus ossos. Alguns socos são palavras. Tem sangue que não dá pra ver. E ele escorre lésbico. Mas eu abotoo minha camisa suada, eu ergo uma cabeça pesada e eu tomo à força dezenas de coisas. Não há no mundo quem me impeça de ser lésbica o tempo todo. Eu levaria um tiro no peito, mas morreria lésbica. Ser lésbica é a única coisa que não pode ser arrancada de mim. Ser lésbica é a coisa mais bonita nos meus ossos. Eu significo dezenas de coisas. Quem me aplaude, aplaude uma mulher lésbica. Quem acredita em mim, acredita em uma mulher lésbica. Quem me respeita, respeita uma mulher lésbica. Quem torce por mim está gritando por uma mulher lésbica. Quem me dá a mão caminha com uma mulher lésbica. Quem me vê enxerga uma mulher lésbica. Eu estou aqui. Eu sou mais de uma. Somos muitas. Somos dezenas de coisas. Sobretudo, lésbicas. O... tempo... todo.

anatomia do poema

o poema tem várias funções e acerta as pessoas de várias maneiras. às vezes o poema que me dá um murro no olho é o mesmo que lambe os seus dedos e vice-versa. nunca dá para saber o que um poema vai causar. nunca dá para prever o que se vai sentir. às vezes o poema nos pega desprevenidos, como os carros nas ruas pegam os cachorros. mancamos, sangramos, morremos. às vezes o poema nos pega como uma primeira namorada. trememos, acendemos, nos molhamos. e às vezes o poema não pega coisa alguma. ele só passa. você percebe se quiser. é como uma pessoa no mesmo ônibus que você. aquele amor súbito que dura o percorrer do bairro ou aquela pressa pra que termine logo, pra que levante do banco pra você sentar. poemas têm mãos diferentes. cada um encosta de um jeito. e, entre toques primitivos, você fecha um livro, um vídeo, a cara, o peito. você idolatra a obra e cospe no poeta. você beija o poeta na boca sem decorar os versos. o poema é essa coisa balançando no nosso estômago. é esse tumor que cresce nos mamíferos. é o cheiro do banho. é o conjunto das palavras que eu penso no fim da tarde.

sold out

oh, meu amor, eu sou artista. eu vejo coisas dentro das coisas. estou sempre triste, mas mantenho esse ar de invencível. há em mim um bigode surrealista, uma pose de galã de novela das nove, uma tontura da terceira idade sempre que vejo coisas bonitas. para sempre e eternamente jovem. e não há quem me conserte dessa loucura. somos eu, meu olhar de maluco e todos esses gatos. me pareço fisicamente com um tapete vermelho de sala. biruta. tenho a mesma essência de um copo de cachaça. a coisa mais lógica que sei fazer é contar fios de cabelo perdidos, ver neles a curvatura de uma namorada, chamar de arte, tirar uma foto. e, como artista, posso dizer que escolho bem os meus sapatos. entrego ao público todos os meus dedos. estou na bibliografia de todos os livros com gravura. não que interesse, mas também subo em árvore. uma pipa e eu somos a mesma coisa. um saxofone e eu somos a mesma coisa. pintores, escritores e ervas daninhas, alinhados, são todos meus primos próximos. e essas luzes todas são pra mim. e o importante é saber nadar pra ouvir bem os aplausos. os tomates catados do palco são provas de amor, se preocupam se tenho fome. como me amam. todos me adoram. meu nome vai virar um bairro. minha cabeça será exposta em gesso. eu sabia que essas blusas de gola alta tinham seu propósito. ah! eu sou artista, os outros esbarram comigo na rua e, como eu sou conhecidíssima, me chamam de boa-tarde.

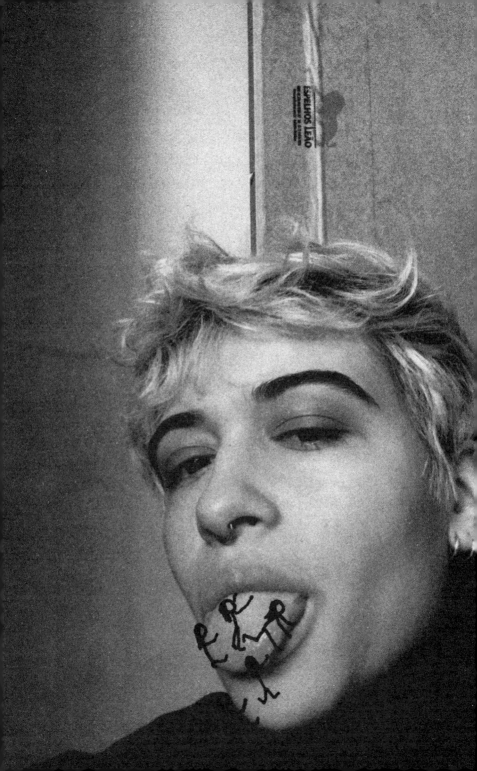

morcegos no estômago

imagino na minha cabeça coisas muito loucas. prédios com braços, o amor em outro gosto, morcegos no estômago, borboletas no meu ego, palitos de fósforo eternos, ela me apercebendo no meio de um bocado de gente. na minha cabeça, imagino coisas loucas, gatos que conversam, pães sem trigo, bolas de gude muito leves — se vão com o vento —, um cd que toca o que se é preciso ouvir, ela me ligando amanhã à tarde. em minha cabeça, louca, postes de rua elogiam quem passa (só se for verão à noite), crianças nunca se ralam, aviões têm janelas de ônibus (abertas), nuvens ao meu alcance, eu não saio de dentro das coisas que ela pensa. em minha cabeça, loucas são as garrafas de bebida, ouvem nossas histórias, mas aconselham errado, acham que o amor ganha todas as batalhas, espadas têm memória afetiva, bambolês e cinturas têm ímãs (que nunca caem), todas as ruas têm céu de bandeirola, o cinema é de graça, todos os alarmes, sirenes e sinos são forró, há gravuras em todos os livros, ela tem algo pra me dizer no ouvido. na minha cabeça, imagino coisas demasiadamente loucas. é possível se ter parentesco com passarinhos, eu respiro embaixo da água, ela me quer.

E EU DIZIA
AINDA É CEDO

CEDO

CEDO

CEDO

CEDO.

eu sou você

a gente é o que a gente escuta,
lê
e come

eu sou legião urbana,
sartre
e creme de avelã com morangos.

a gente é o que bota na cabeça,
o que bota na mão,
e o que bota na boca

eu sou você,
você
e você.

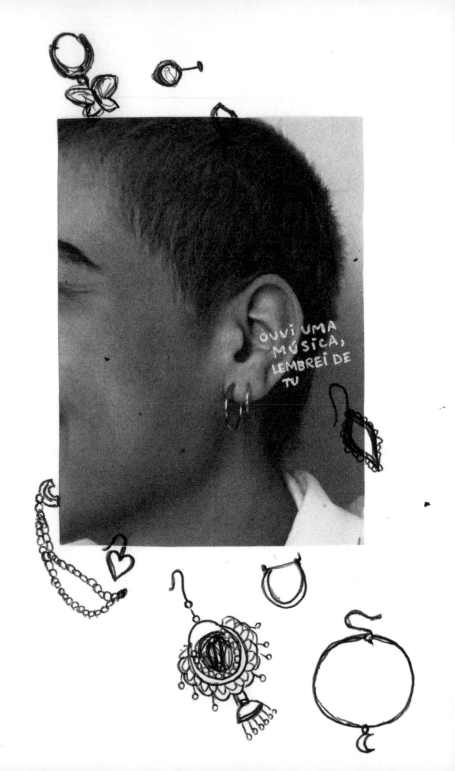

a súplica das orelhas

Estou caindo no amor
De paraquedas
Não há garotos pra mim
Porque não os quero
Sou a mesma
Desde que as minhas bonecas se beijavam
Ninguém precisa saber
Sobre meus segredos
Por isso me certificarei de escondê-los
Caso eu faça uma dívida no banco
Ou roube acerolas
O amor eu vou mostrar!
Não me envergonho disso
Estou caindo no amor
De paraquedas
Não há garotos pra mim
Porque quando eles chegam perto
As borboletas
Continuam dormindo
Não me causam nada
E quando causavam
Era ensaiado
Eu sorria para meninos
Como se sorri para visitas

Daquelas que não se quer receber
Mas que vão deixar a sua mãe feliz
Usei garotos como se usam brincos
Para ficar bonita pros outros
Já que as orelhas não se importam
E quanto às minhas orelhas
Essas
Pequenas
Só queriam ouvir
Ela dizer
Que ouviu uma música
E lembrou de mim
Acho que hoje ela diz
Ou talvez na quinta-feira
Vou ficar esperando
Vou ficar caindo

1 + 1 = DOU NÃO DOU - DJAVAN
(MAS A VERSÃO DO NATIRUTS É MUITO BOA)

→ ME LEVE SI NA SAMURAI SE

AI QUEM SABE A GENTE VÁ
DEPOIS DA EXPLOSÃO DO VEM, MEU BEM
DOU NÃO DOOOOOOU...

se apaixonar

poema das grandes verdades

estou sóbria,
eu juro,
disse para as minhas cachaças.
eu não invejo tua vida,
digo a um passarinho.
indelicadas são as estátuas de mármore,
gentis são os nossos cuspes
esse é o poema das grandes verdades
sou ótima em matemática
conheço djavan pessoalmente
nunca lambi uma garota

samurai

Duas garotas também fazem par, você quer dançar tango comigo? Eu levaria um murro no meio da rua pra te levar de mãos dadas pra casa. Eu tiraria a minha blusa pra você na luz apagada. Nossos peitos se encostariam, mais tímidos que nossos braços, se abraçariam primeiro. Duas garotas também fazem par, você quer dançar reggae comigo? Eu levaria um soco no nariz no meio da rua só pra te beijar no semáforo fechado. Eu lamberia até o seu joelho, pra que nenhuma parte do seu corpo ficasse sem a minha saliva. Sua cintura, já lambida, parece um pouco com a esquina da minha casa. Duas garotas também fazem par, você quer dançar xote comigo? Eu levaria um chute na perna por sua causa, só pra te beijar no bar, bem na hora do gol do meu time. Eu não tenho um time, é um pretexto, você não entende. Quando meu dedo está dentro de você, parte de mim está transando, a outra parte está te remexendo por dentro, você e todas as coisas que fazem parte de quem

você é. Te fodendo, por exemplo, encostei meu dedo nas suas músicas preferidas. Foi sem querer. (Eu também escuto Djavan.) Duas garotas também fazem par, você não quer mais dançar comigo? Você prefere outra menina? Pisei no seu pé? Quem é essa menina que eu não conheço? Quem é esse cara? Eu levaria uma cotovelada por sua causa, por mim você levaria o quê? Nada? Duas garotas também fazem par, você quer dançar de novo comigo? Tá tocando Djavan. (Como se dança Djavan.) Eu dançaria com você no meio da porra da rua, mesmo com o grande risco de levar um murro por sua causa. Eu dançaria qualquer coisa em qualquer lugar por sua causa. E eu nem sei dançar. É só um pretexto, você não entende.

overnote: Ai, quanto querer cabe em meu coração? Ai, me faz sofrer, faz que me mata... E se não mata, fere. Vixe, vem.

dúvida

Se tocar forró quinze vezes, as quinze vezes vou querer dançar contigo. Por mim, que olhem.

Você é a minha *la belle de jour*.
Eu sou o que sua?

A NOIVINHA DO SÃO JOÃO PODIA TER NOIVA TAMBÉM.

NERA?

coração de rapadura

Seu toque
Seu beijo
Seu coque
Seu cheiro
pouco para mim basta
sobreviveria dias com arroz e água
acampada no seu decote
fiel, fiel, fiel
eu seria ao seu cangote
o seu coração de rapadura
me cabe inteira
se você me der a gaiatice
ou a sorte
e me passar no cartório
suas grandes valias de pequeno porte
Seu cheiro
Seu toque
Seu beijo
Seu coque

Todo tempo quanto houver pra mim é pouco,
sua casa de reboco sou eu,
meu xote é tu,
teu coração de rapadura é meu.

hey by pixies

a música é algo muitíssimo sexual. e está dito. e isso foi um poema, um texto, uma afirmação, uma súplica, uma reza, um monólogo, um discurso, um segredo, uma documentação, um registro, uma descoberta, um verso, um quarto com nós duas dentro.

obrigada, vô, pelo gosto musical e pelos olhos e pelas asas.

maria do amparo

ninguém pode me fazer desacreditar no amor,
porque os olhos da minha avó são lindos.

the eyes, chico, they never lie

o que me acontece
é que eu sou poeta
preciso acreditar que o amor é mais forte
que as máquinas que constroem os muros
que as máquinas que os derrubam
é que eu sou poeta
preciso acreditar no que dizem os cantores
preciso acreditar que o anel
depois de tanto tempo
manteve-se no dedo
eu, poeta
preciso acreditar que nada é coincidência
quando perco,
irresgatavelmente romântica,
ainda ganho
acreditamos em tudo no meu estômago
certas estão as borboletas
poeta eu, acontece
preciso acreditar nos olhos.

me vê um buquê

Nem todas as garotas gostam de flores. Nem todos os cabelos são longos e nem todas as pernas se cruzam ao sentar. Nem todas as unhas estão pintadas de rosa "pop", vermelho "maçã do amor" ou azul "meus livros preferidos". Nem todas as garotas gostam de flores, de poemas melosos, de estações de rádio e da novela das nove. Tem garotas que até assistem à novela das nove, passando os dedos pintados de vermelho "maçã do amor" pelos cabelos curtíssimos, recém-cortados. Tem garotas que até se sentam — nervosas — para ouvir um poema meloso, mas não cruzam nenhuma das pernas. E tem garotas de cabelos enormes rodopiando pela sala ao som de uma estação de rádio, com as unhas pintadas de nada. Garotas são diferentes. Os estereótipos do mundo — tão azuis "meus livros preferidos" — não cabem em uma perna descruzada, na ausência de uma delicada trança numa cabeça careca, num poema meloso, às nove. Garotas são misturas de tantas coisas. Não dá pra deduzi-las, resumi-las, agrupá-las com etiquetas. Nem todas têm cabelos longos, nem todas sentam de pernas cruzadas, nem todas pintam as unhas, nem todas assistem à novela, nem todas rodopiam com o rádio ligado. É preciso entender, de uma vez por todas, que não somos réplicas umas das outras. Nem estamos limitadas aos seus estereótipos rosa "pop". Porque nem todas as garotas gostam de flores. Mas eu gosto.

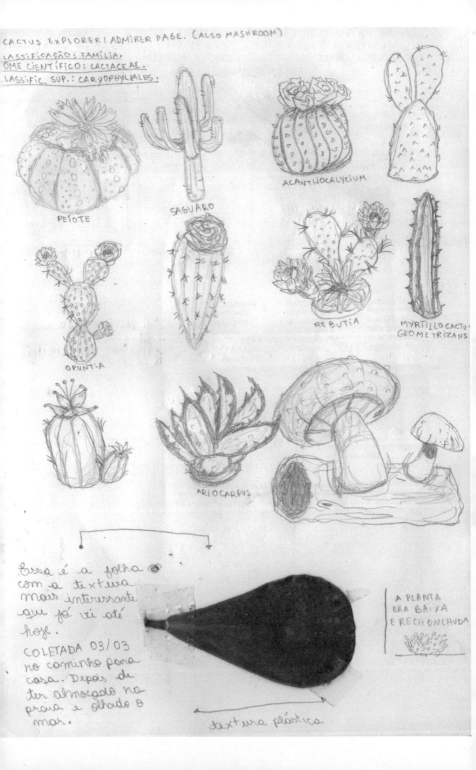

Zantedeschia aethiopica

Toda vez que eu falar sobre o amor, a dor ou qualquer outra coisa, tudo o que eu disser voará de dentro da minha perspectiva de mulher que gosta de mulheres. Todo mundo vai olhar pra mesma flor. Alguém vai falar que é cheirosa, alguém vai falar que é bonita, uma criança vai cantar "bem me quer, mal me quer", um homem vai pedir o preço pra se redimir com a amante, um cientista vai afirmar que ela é promissora para um medicamento, uma senhora vai contar a receita de um chá, um pesquisador vai nos revelar a espécie, eu vou levantar a minha mão para dizer que é a favorita da Bianca.

sexting

o mundo é dos cafonas modernos
rufem os tambores
não importa que roupa vestimos,
estamos sempre de jaqueta
ainda dizemos "baby"
djavan na trilha sonora
das nossas conversas de whatsapp
bregas & previsíveis
enviado e respondido na mesma hora
três chamadas não atendidas
ah, bregas,
muito bregas,
rufem os tambores!
um brinde aos stories tão bem pensados
um brinde aos nudes pia de banheiro
rs rs
baby, baby...
te mando flores de emoji

internacional romântico

She wants me
She wants me
Oh
She wants me
Esse é um poema curto e comemorativo
Estou cantarolando músicas antigas em inglês
She wants me
E que sujeito de sorte
Eu sou
Because she wants me
And i'm a girl também

"LOVER"

gringa, wait, don't bomb me

I would translate page by page of my poetry book, just so
    you could acess it with your eyes
gringa, could you please
give me all the beijinhos you've got left
gringa,
eu tenho — saudade
mas vocês não sabem o que é isso no seu país

I LOVE YOU É MORENA EM FRANCÊS
SABIA NÃO?
APOIS SAIBA
(QUEM DISSE NÃO MENTE)

LIV TYLER

MAY I
PLEASE
LICK YOU UP
EAT YOU DOWN
BE YOUR DARLING
BE YOUR HONEY
BE YOUR GIRL

BE THE FINGER
YOU LET INSIDE
AND LET IT OUT
AND LET IT INSIDE
AND LET IT OUT

DARLING, DARLING
MY MOONLIGHT HONEY
MY SUNFLOWER PRINCESS
MY SUNNY MORNING

SUAS CALCINHAS FORAM TODAS
FEITAS PRA EU TIRAR

posso,
por favor
lamber você
te comer

Ser sua querida

Ser o dedo
que você deixa entrar
e deixa sair
e deixa entrar
e deixa sair

querida
querida
meu luar
minha princesa de
girassol
minha manhã
ensolarada

ah, você sabe.

CARALHO
FICOU TORTONA
ESSA ASSINATURA,
RAPAZ

HAHAHA   :)

Liv Tyler

May I
Please
Lick you up
Eat you down
Be your darling
Be your honey
Be your girl
Be the finger
You let inside
And let it out
And let it inside
And let it out

Darling, darling
my moonlight honey
my sunflower princess
my sunny morning
suas calcinhas foram todas feitas pra eu tirar

partida

I dont need a fast car
I'm going somewhere really
Far away from here

There are no airplanes
No bicycles no boats
That could really take me there

I'm going to her mouth

o carro

descontroladamente romântica.
um carro desgovernado.
uma rua movimentada.

eu sou quem dirige.
eu sou as coisas que o carro acerta.
eu sou o carro.

estrangeira

Estrangeira em mim mesma
descubro todo dia que não sou mais aquela de ontem
desejos e ambições mudam geograficamente
um mapa de mim desatualizado
alguns sentimentos
— sem utilidade alguma —
se amontoam na ilha dos gabaritos de provas
já fui feliz
já fui triste
já me coube essa roupa
sou o país idolatrado nos filmes heroicos de minhas memórias
tento prestar bastante atenção
pra que eu mesma perceba qual a música preferida da vez
não acompanho minhas mudanças climáticas
podia jurar que eu falava a minha língua

Estrangeira em mim mesma
quero com toda alma hoje
o que desperdiçarei amanhã
seu passaporte para entrar em mim está atrasado
um ciclone se aproxima
todo dia isso!
é o fim dos meus turistas
é o fim do pé de goiaba no quintal do meu peito
é o fim de uma era
nascerei outra amanhã
a primeira coisa que direi
é "retiro tudo o que disse"

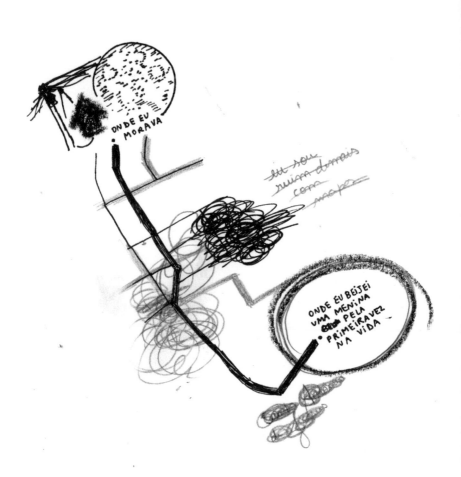

40000-000

bahia,
eu te amo
como uma mulher
ama a outra
— inteira —
eu te quero como
uma mulher
quer a outra
— urgente —
eu penso em você
como uma mulher
pensa em outra
— sem rupturas —
e quando eu for embora
eu espero que você aja
como uma mulher que perdeu outra
e chore,
pra eu voltar
nas asas de um passarinho.
com você yo quero,
o que uma mulher quer com outra

te namorar,
amor.

eu não tenho medo de gostar de meninas, eu tenho pressa

fronteira

seis balas em um revólver.
se você jurar que deixará de amar garotas, deixamos você passar.
cinco balas em um revólver.

FIG 1

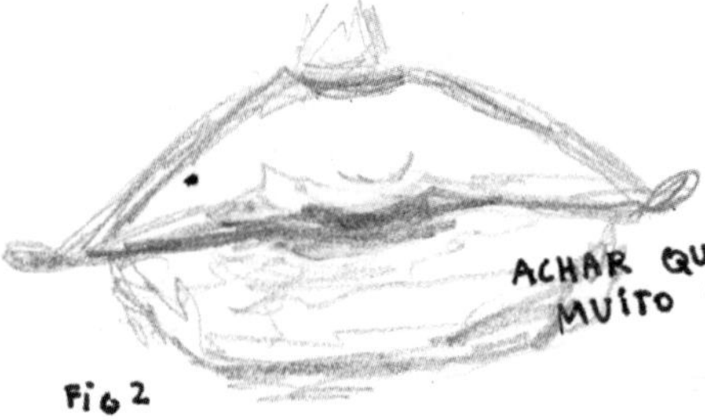

ACHAR QUE NÃO GOSTA
MUITO DE BEIJOS

FIG 2

DESCOBRIR QUE O QUE
NÃO GOSTA É DE SER
BEIJADA POR GAROTOS

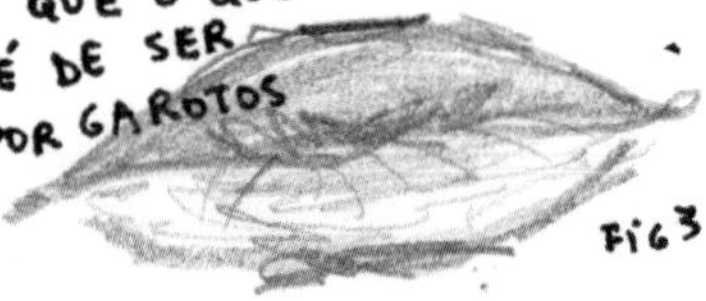

FIG 3

FIG 4

BEIJAR MENINAS,
ENTENDER TUDO.

ideais

eu beijo garotas por orgulho,
eu beijo garotas por política,
eu beijo garotas por
necessidade de
sobrevivência.

você,
menina,
eu beijo por sua própria causa.

exílio

Não é um pouco exagerado
Que entre distribuir sopas
E educar analfabetos
Calvos políticos
Estejam oferecendo de seu
Precioso tempo
Para tecer comentários maldosos
Sobre os nossos beijos?
Sobre sermos garotas
E as bocas serem nossas?
Qualquer dia desses
Começaremos uma guerra
Acabaremos com tratados de paz
E fronteiras
E mudarão a moeda local
Por nossa causa
E pararão de importar
E exportar
Em nosso nome
E afetaremos diretamente
Nas eleições presidenciais
E a bomba que passar
Por cima da nossa cabeça no céu
Terá as nossas iniciais

Escritas em vermelho
E todo mundo vai saber
Que essas prisões políticas
São inteiramente nossa culpa
Não é um pouco exagerado
Que existam inúmeras formas
Históricas de tortura
Para os meus dedos
E os seus dentes
Porque calvos políticos acreditam
Que Deus se sente mais feliz
Quando estamos doendo?

Ontem mesmo eu perguntei a Deus o que eu poderia fazer
    para deixar de ser assim como eu sou
Deus me disse
"Te amo"

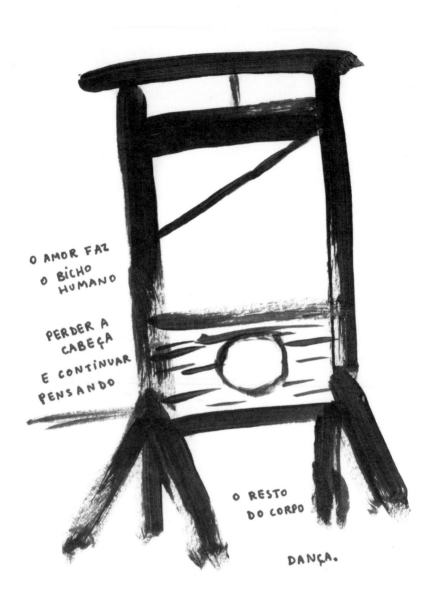

últimas palavras antes da guilhotina

Sou eu quem veste o espartilho da princesa.
Sim, sou eu quem tira.

a parte cuspida de nós

A outra parte de nós, os tortos de nós. Entendem o que dizem que não entendem. Entendem porque sentem. Porque o mesmo velho rabugento que é o nosso vizinho, que vota contra nós, que cospe para um casal de iguais, já teve um amor de meninice perto de um lago. Nós, expulsos de seus restaurantes que servem polvos que ninguém come. Tortos de nós, sendo colocados pra fora de casa. A parte de nós afogada em descolorantes de cabelo de seis reais! Putos seis reais! A outra parte de nós, que vocês entendem e fingem que não entendem. Atletas admirando sapatos de salto alto de lantejoulas finas e garotas em lantejoulas finas olhando para outras garotas em lantejoulas finas. Nós, em nossos carros sem gasolina, em nossos carros sem aparelhos de som, em nossos carros fugindo deles, fugindo deles em nossos carros. A outra parte de nós, de gênero trocado, de silicone barato, de dinheiro gasto para que fiquemos mais parecidos com a outra parte de nós! Ainda que custe putos seis reais em carros sem gasolina gritando meninice rumo a perto de um lago. A outra parte de nós expulsa de suas festas de Natal,

expulsas de seus livros, expulsas de suas religiões, escarradas no mundo, expulsas do nosso próprio carro sem aparelho de som. Nós e nossos descolorantes de cabelo, nós e nossas letras em uma sigla. Nós, as pessoas que fingem que a gente não existe e a outra parte de nós. Todas no mesmo carro, sem gasolina, próximas a um lago soterrado por um velho rabugento que esqueceu de suas próprias meninices. Nós, os Ricardos que beijam Ricardos. As Elenas que são Augustos agora. A Cíntia que não se decide, a Carla que quer a Cíntia. Danilo dançando em lantejoulas finas. Todos sem carro. Expulsos de seus bares, expulsos de seus restaurantes que tem alguém pra abrir a porra da porta, expulsos de seus almoços combinados. Nós, expulsos de dentro deles. Odiados pelo vizinho rabugento, pelos atletas, pelas garotas de lantejoulas finas, pelos polvos que ninguém come, pela porta que não se abre sozinha, pelo troco dos seis reais. Nós, reflexo de tudo o que eles seriam se tivessem mergulhado no lago. Nós, lembrete diário da falta de coragem dessa outra parte de nós, que são eles mesmos em seus carros.

SEUS MONSTROS

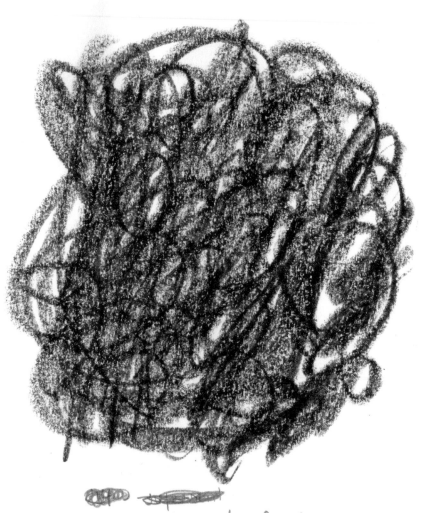

representação de alguns
sentimentos que eu costumo
ter de madrugada

insegurança

Muitos são bonitos
Meus dentes de baixo são tortos
Muitos são bonitos
Eu não sei dançar
Muito são bonitos
Não sou alta
Muitos são bonitos
Não sou forte
Muitos são bonitos
Minha coluna está em guerra consigo mesma
Muitos são bonitos
Pulsos finos, finos braços
Muitos são bonitos
Tenho uma cicatriz na virilha
Muitos são bonitos
Há algo de errado com os meus ombros
Muitos são bonitos
Há algo de errado com o meu rosto
Muitos são bonitos
Há algo de errado com meu talento
Muitos são bonitos
Há algo de errado comigo
Muitos são bonitos
E eu vou estar sentada
Logo ali atrás
Se alguém precisar

agora eu sei o que você fez comigo

Você me pede nas entrelinhas para ser como são os meninos
Eu aprendo como são os meninos
E isso não inclui apenas
A grossa voz
A alta altura
E todas as coisas sujas que podem ser ditas
Na sua partícula em particular
Você me pede nas entrelinhas para ser como são os meninos
Eu aprendo como são os meninos
E percebo que
Eles falam alto
Regulam saias
Controlam as coisas
Você me pede para ser como são os meninos
Enquanto beija meninos
Escondido de mim
E eu viro essa coisa
E eu viro essa gosma
E eu viro essa réplica
Do que eu nunca fui antes
De virar esse César
De virar esse Silas
Mauro
Cauê

Vinicius
Caio
e a queda dói
E você aponta o dedo
Pintado de esmalte
E me pinta de monstro
E eu descubro que
Nas horas vagas
Quando você não está me traindo
Com meninos
Quando você não está mentindo pra mim
Quando você não está contando aos outros
sobre como você é boa e eu sou ruim
Você só quer passar o tempo
Tendo alguém para acusar
Para transformar numa pária
Para se sentir melhor
Sobre seus próprios defeitos
antes de dormir
Baby, tire suas luvas de boxe
E encoste no meu rosto
Com suas mãozinhas minúsculas
Antes de bater em mim

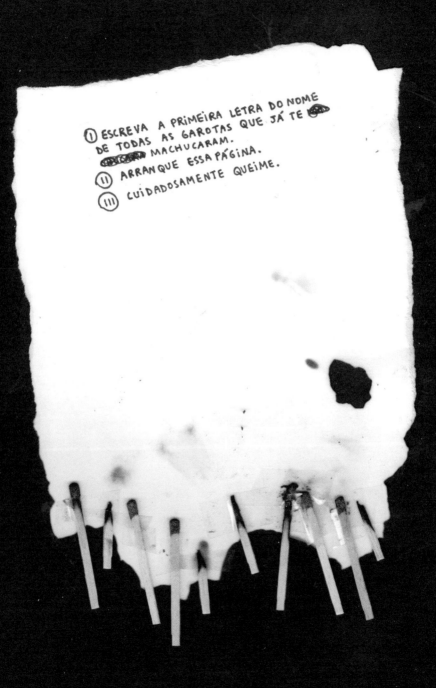

memórias póstumas

Sou eu que me pareço com um homem
ou a sua insistência em um padrão heteronormativo
que me nega enquanto mulher?
e quando colocada enfileirada do lado das outras
só por não usar vestidos e ter a cabeça raspada
me torno a mais fria
a mais propensa a trair
grossa
errada
ruim
rude
— não costumo ganhar flores —
com uma força descomunal
para aguentar qualquer coisa
seja ela física
ou emocional
pese ela duas toneladas
ou cinquenta quilos
não tenho o direito de ter amigas
porque estarei sempre numa posição
predadora sobre elas
o afeto não pode me alcançar
sem a sombra da desconfiança de que me deito
com qualquer mulher que eu troque olhares

meias palavras
ou o que quer que seja (inclusive nada)
ainda que o sentir seja solidamente genuíno,
descerá líquido pelo ralo dos julgamentos heteronormativos
estou sempre comendo todas
"com certeza"
porque só preciso disso para me preencher
o amor é algo que
"cafajeste, como os homens"
não faço questão
e
— gosto de peônias —
não terei direito a buquês de flores
porque sou sempre hipersexualizada
não como o apodrecido conceito de objeto de desejo
e sim como um fóssil lascivo
fui feita para causar prazer
receberão de mim coisas
que assim como as flores, não me darão de volta
não sou desejada dessa forma
não sou querida para isso
e na grande maioria das vezes
— só vi por foto —
sou também um segredo
sou o Natal em família que não fui
porque ninguém sabe de mim
sou o braço postado sem o tronco

a foto de costas
meu corpo está sempre aos pedaços
sou o mais perto de um homem que dá para se ter
num sábado à noite cheio de encantos e fetiches
achei que ganharia flores,
fui curiosidade matada
morro sempre que acontece
morro várias vezes nesse percurso
nunca apareço no jornal
nunca levam flores
não me enterram com os homens
quando morro sou mulher
serei a enterrada
com a na frente e no fundo
estou decompondo diante de todos
estou coberta de terra pelo que fazem comigo
escrevo poemas sob sete palmos
no testamento da morte de agora
quero deixar tudo o que eu tenho para uma floricultura
meninas como eu pegam flores de graça
acho bonito as peônias
não tenho certeza se existe
só vi por foto
espero tanto que existam
não costumo ganhar flores
espero que elas me ganhem

subterfúgio

Aprendi desde pequena
que a fome é o maior tempero da comida.
Com fome, qualquer coisa parece boa demais
Você chupa seu dedo
Lambe o prato
Leva um tapa
Porque prato não se lambe
E lava a panela com saudade
Pareceu um banquete
porque a fome vem e tempera
quando ninguém tá olhando.
Espera ter fome
Que o resto de ontem vira
comida de mesa de novela.
Distraída em mim mesma,
penso que deve ter sido por isso
que aceitei amores tão poucos
de muitas meninas
várias e várias vezes.
Achando que era banquete,
lavei memórias com saudade,
a solidão vem e tempera
um amor meia-boca
quando ninguém tá olhando.

É preciso ter cuidado para não fantasiar muito o gosto das coisas que se come de mão.

merendeira do piu-piu e frajola
para guardar a vontade de deus

minha mãe diz
que a merenda é sono
"vai dormir que passa
e agradeça a deus pelo que você tem"

dobro os joelhos
deus, obrigada pela fome

quem pode ir a Caraíva?

Namorar uma menina rica
significa que
seu silêncio durante
conversas sobre viagens internacionais
vai fazer um barulho insuportável.
A coisa mais cara
que você já teve na vida
não serve para compartilhar
numa rodinha dessas
de conversa com os amigos dela.
Talvez a coisa mais cara
a que você teve acesso
tenha sido
aquela tarde com seu avô
ouvindo Skank ao vivo em Ouro Preto
meses antes de ele cair no banheiro
e começar aos poucos o processo de morrer.
Depois disso,
o seu aparelho celular.
— Onde você estava enquanto todas aquelas meninas ca-
    minhavam pela Disney?
Ah,
varrendo a casa,
tomando conta da sua irmã,

esperando a sua mãe chegar
com quatro pacotes de biscoito recheado
pro resto do mês inteiro
e um dvd pirata da Barbie
num mundo de qualquer coisa.
Se der sorte, alguém comenta sobre
algum lugar paradisiacamente caro na Bahia
e você vai poder fingir
que já foi
você vai — ter que — fingir
que já foi
pra evitar aquela conversa constrangedora
cheia de "como assim você nunca foi, você é de lá!" "você
    não sabe o que tá perdendo!"
e outras exclamações
que escalam o peito folheado a ouro
dessas pessoas que não entendem que
algumas coisas no mundo
— na verdade,
a maioria das coisas no mundo
estão no mundo
não pra você ter
mas pra você saber que tem.
Quem perde sempre sabe o que está perdendo

mas para diminuir o pouco do barulho
que o silêncio faz
quando estou num mundo ao qual não pertenço,
eu sorrio e digo que sim,
É claro que eu já fui a Caraíva.

(E essa vai ser a única vez, na conversa inteira, que os amigos dela vão olhar pra mim e perceber que eu existo.)

daddy shory lory gary floury dury plury sary

Daddy,
Você lembra de todas as ladeiras
que descemos naquela sua bicicleta
sem freio
e de como você me ensinou
o conceito de adrenalina
e sobre não ter medo de cair

Pai,
Eu desço todas as ladeiras das minhas inseguranças sem medo de cair por sua causa.

Pai,
Olha, eu já sei nadar!
Pai,
Olha, eu atravessei a piscina do AABB!
Pai,
Olha, eu sei andar agora sem rodinha!
Pai,
Olha, eu te eternizei num livro de poemas!

Pai, você não pode fazer como meu avô e morrer também. A gente não é bom em morrer, pai. A gente é bom em descer ladeiras de bicicleta.

Pai,
Olha!
Agora sem as mãos:
Você é minha dupla.

(OBRIGADO POR TER ME DADO AQUELE TÊNIS DA COCA-COLA SÓ PRA EU SER LEGAL NA ESCOLA. EU SEI QUE VOCÊ NÃO PODIA COMPRAR).

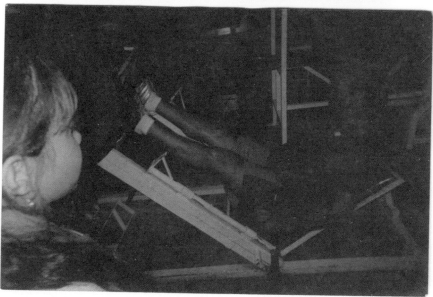

"VOCÊ PARECIA UM CACHORRO ATRÁS DE SEU PAI"

meio século

Mesmo que não combine comigo
Eu quero que meu cabelo fique grisalho
Assim como eu quero ver a mudança nas ruas em que eu sempre passo
Assim como eu quero conhecer árvores de cem anos
Assim como eu quero que a pele da minha mão enrugue
Assim como eu quero não reconhecer mais os mesmos lugares — agora recém-pintados
Assim como eu quero não saber a atual mais tocada da rádio, assim como eu quero não entender as gírias
Assim como eu quero que já não se fale mais sobre mim
Assim como eu quero desaparecer no tempo
Assim como eu quero andar na rua e perceber a minha invisibilidade
a minha inutilidade

Assim como eu quero me sentir engolida pelo futurismo
Assim como eu quero não entender sobre nada e me sentir retrô e me deixar retrô ser dê
Assim como eu quero que garotas se beijem sem chocar ninguém
Assim como eu quero me recordar dos nossos beijos sem que a lembrança me choque
E rir da inutilidade dessas lembranças invisíveis
E não reconhecer mais a mim mesma — agora recém-pintada
Poderei finalmente ser a mulher lésbica
Grisalha
Ultrapassada
E invisível
Mesmo que não combine comigo

SERÁ QUE UM DIA
EU VOU TER 100 ANOS?
EU ACHO QUE NÃO

(DOIS QUATRO DE SETEMBRO DIFERENTES)

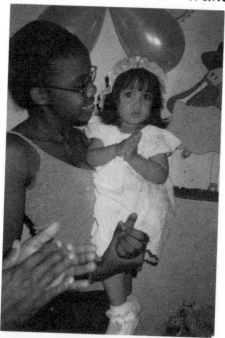

EU NÃO SEI SE ENVELHECER
É MAIS SOBRE FICAR SE ESQUECENDO

OU FICAR
SE
LEMBRANDO.

pode

Eu lembro do som do prato encostando no piso do chão da sala, cheio de lasanha dentro, prestes a assistir a um filme de tarde. Assoprar o garfo e queimar a boca por não conseguir esperar. Valia a pena toda vez. Fim de semana eterno, pele ardida de sol e biquíni velho desbotado secando no corpo. Pra ficar melhor só se alguém me chamar pra brincar. E minha mãe deixar. Mas acho que ela diz não, porque eu não fiz o dever ainda.

Mas e se eu prometer que na volta vou fazer?

Deus, por que sou tão incapaz de esquecer os detalhes das coisas?

"Tia"
"Que é?"
"Lalay pode brincar?"

Ai, meu Deus, silêncio, silêncio. Eu tenho de novo oito anos.

O QUE VOCÊ TROUXE?

ROSAS E VOCÊ?

A PREFERIDA DELA, WISŁAWA SZYMBORSKA.

apesar de ter partido,
saibam que não fui embora

E quando for minha hora de ir,
Para os meus ossos, descanso
Para os meus pensamentos, hospedeiros
Para as amantes, saudade
Para os sobrados vivos, memórias
Para os rivais, o tédio
Para os meus poemas, estantes
Para o meu nome, bocas
Para essa minha praia preferida de infância, na qual eu
    aprendi a nadar, boa viagem — Bahia, o meu fantasma,

Para além das flores,
Joguem em mim os seus poemas!

Eu também vou ao meu enterro.
Estarei em algum canto.
Rindo das mesmas coisas das quais vocês se lembram.

a sutileza da insignificância

Gosto de saber que nem tudo que eu escrevo é bom e importa,
às vezes é bom reconhecer a própria insignificância.
Não ajuda a gente a crescer pra fora, mas expande a gente por dentro.
Sei dos meus erros de português,
Dos borrões nos meus desenhos,
Das péssimas primeiras impressões que devo ter deixado por aí, das segundas e terceiras também
É bom não agradar a todo mundo
É crucial conversar com essa parte sua na qual os outros cospem
Conhecê-la melhor
Minha parte cuspida me completa
É dois mil e vinte e um
E eu não cuspo mais em mim

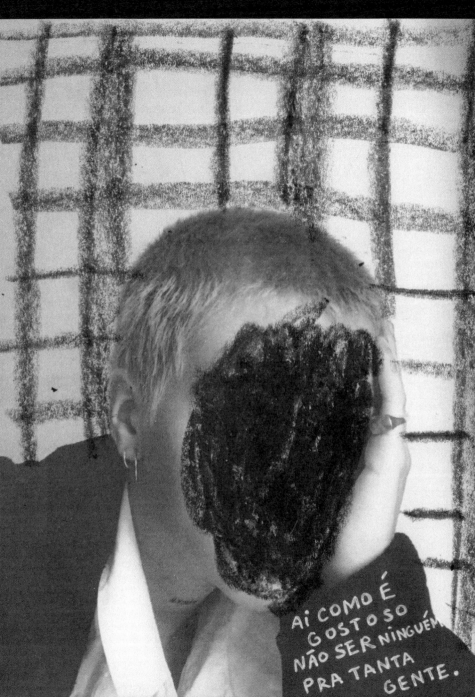

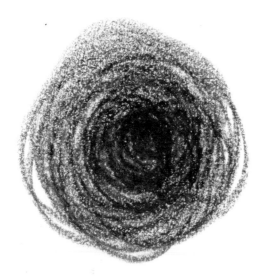

UM BURACO NEGRO QUE ENGULA AS MEMÓRIAS DE TODAS AS VEZES QUE EU NÃO FUI GOSTADA COM A QUANTIDADE DE EXAGERO QUE EU PRECISAVA.

desperdício

quantas coisas
eu sou por dia
sem que ninguém
— sequer
perceba?

"ENCONTRO"

encontro

Varrendo o ambiente com as vassouras de cílios, duas meninas se encontram em castanho claro e castanho escuro.

Oxe, baby, right timing.

kickboxer

Embaixo dessas luzes azul-néon
Ao som desse samba-blues
Completamente ignorada pelo seu batom
Sleepyhead, I'm the one
Who looks at you

plano

Vou armar uma barraca
No cantinho do seu lábio
Quando anoitecer no céu da sua boca
Eu vou entrar

sexo

no início são conversas aleatórias de pouco nexo,
ela fala em museus,
eu penso em sexo.
ela fala em deus,
eu penso em sexo.
eu olho nos olhos dela,
e penso em sexo.
ela olha nos meus,
e eu penso em sexo.
"Aquele livro, você já leu?"
sexo.
"Me fala um pouco sobre o seu..."
sexo.
ela fala sobre teorias,
sexo.
ela ri,
sexo.
pergunta se sou louca,
sexo.
assisto ao sibilar da boca,
sexo.
o vestido mal abotoado deixa um pedaço de renda à mostra,
sexo.
eu pergunto do que ela gosta,
sexo.

nem entendi a resposta,
sexo.
"Tá chegando a minha hora"
sexo.
"Tu já tem que ir embora?"
sexo.
colidimos o olhar,
sexo.
"Vamos pra outro lugar?"
sexo.
eu me esquivo das pessoas naquele espaço,
pensando em sexo.
ela segura o meu braço,
pensando em sexo.
um sexo
eu espero,
se ela quiser...
eu quero
sexo.
"Tenho uns desenhos lá em casa, você quer ver?",
sexo.
"Que bacana, pode ser...",
sexo.
subimos a escada,
sexo.
ela dá risada por nada,
sexo.

ligo a luz da sala
sexo.
os dedos dela estalam,
sexo.
no meu sofá ela se deita,
sexo.
ofereço vinho e ela aceita,
sexo.
estamos muito perto,
sexo.
eu não ligo se é ou não é certo,
sexo.
ela me beija com o gosto do meu vinho preferido,
sexo.
minha mão desliza pra dentro do vestido,
sexo.
o cabelo dela cheira a hortelã.
sexo.
eu encontro a abertura do sutiã,
sexo.
as conversas aleatórias agora fazem nexo,
eu transo com museus, deuses e livros,
enquanto assisto na minha televisão desligada ao nosso reflexo.
no teto?
teto.
mas no sofá?
sexo.

sede

Um copo de água não se nega a ninguém
Eu quero água você diz não
Pegue tu
Pegue tu
Pegue tu
Pegue tu
Tu
Tu
Tu
Tu
Eu te chupei por último
Por causa disso mesmo, eu tô mole pra andar
E eu tô cansada pra levantar
Então fica as duas com sede
Vá pegar
Eu mesma não
Vá você

Eu mesma não
Pegue tu
Pegue tu
Pegue tu
Pegue tu
Tu
Tu
Tu
Tu
Antes que sobre apenas a memória na nossa cabeça quando um corpo completamente diferente vier de bom grado com a água no copo, apagando aos poucos a completa graça de nossas guerras fluviais enquanto a gente engole

Nunca foi sobre copos de água
Sempre foi sobre dèjá-vu

Pausa para tomar água. Deixe uma gota escorrer
vagarosamente pelo canto da boca.

Lembre de mim.

pervertida e suja

eles me gritam pervertida e suja,
eu tiro a blusa e dou risada.
assisto às meninas de saia
com seus cabelos de medusa,
minha boca enche de água,
e um desejo inquietante me abusa.
se tivesse nascido homem
era do instinto, era natural.
era compreensível e pecado não tinha
em querê-las na minha boca,
gritando roucas o que vinha.
mas, como sou uma delas,
não posso com ardor querê-las,
não posso pensar no suor
que chegaria depois de tê-las.
não posso querê-las altas ou baixas,
gordas ou magras, de pele clara ou escura,
porque nasci com peito e cintura,
e porque pra um deus eu tenho cura.
mas eles não entendem
a minha mente e a mim
e a vontade inquietante
de chupá-las até o fim.
com fim quero dizer até a última gota.

vê-las revirando os olhos,
soltando ar pela boca,
me pedindo por mais.
satisfeita as satisfaço,
de lado, de frente, de quatro,
e ouvindo de fora eles acham
que há outro homem no quarto.
mas nenhum homem me ensinou
a fazer o que eu faço.
e eu tenho desejos
e eu penso nisso o tempo todo,
e minha mente vira
uma tela mal pintada de mulheres nuas.
e eu desço pela rua,
eles sabem de onde vim,
pra onde vou e o que fiz.
ela desce atrás de mim com um chupão na cicatriz.
os homens assoviam,
ela continua comigo,
piso em bilhões de cacos
de ego ferido.
eles se sentem ofendidos
porque há batom na minha boca
e bocas de batom na minha blusa.
"uma mulher suprindo a outra!"
"pervertida!"
"suja!"

"I WANT YOU, I WANT YOU, I WANT YOU"

"VÊNUS EM LIBRA_
MARTE EM ESCORPIÃO"

tenho ten

Eu queria ter onze mãos
Onze braços
Todos para você
Todos para aquele momento
Em que o meu nome
É dito para mim mesma
E entra na minha orelha
Devagarzinho
Sussurrado, na pontinha dos pés
De cabeça baixa
Dito pela sua boca
Como se não quisesse ser notado
Como se me devesse dinheiro
Como se fosse um pecador
Eu queria ter onze mãos
Onze braços
E sete línguas
Para aquele momento
Em que minhas orelhas e suas coxas
Trocam fofocas sobre onde nossos corpos estavam
Antes dali
Antes daquele momento
Em que eu quero ser notada
Em que eu te devo dinheiro

Em que eu sou uma pecadora
E antes que você sussurre
Elayne onze vezes
Suas coxas me expulsam
Porque você não aguenta mais
E se eu continuar
Talvez você me chute dando risada
Dizendo que chega
Dizendo que calma
Pedindo sete copos de água
Pra única boca que você tem
For you, my darling, todos os meus dedos

escorregadeira

meu pescoço, uma escorregadeira. já não importa que cor trago nos meus cabelos, mudam os pelos mas não mudam os meus diabos. o que ferve em mim agora já fervia antes. sou a água que esqueceram no fogo.

"the best way to hold a lover"

romântica

Eu vou botar um anel no seu dedo
Eu vou botar dois dedos em você

rebelião

a língua não para quieta
na boca
o coração não para quieto
no peito
os milésimos não param quietos
nos segundos
os dedos não param quietos
na mão
os pensamentos
imundos
não param quietos
(latejando)
na cabeça
eu paro quieta
pra escrever
não sei se para
ou se sobre você
não sei se mais sobre mim
as coisas todas não param quietas
meu diabo lésbico
lascivo
e sujo
abre o portão de mim
para soltar todas as coisas
e todas as coisas correm.

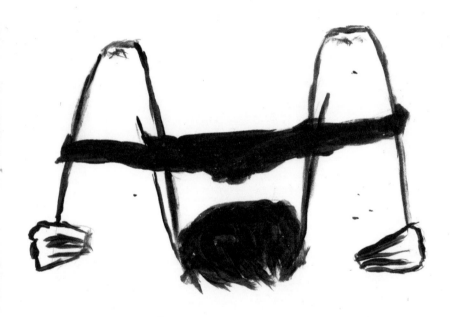

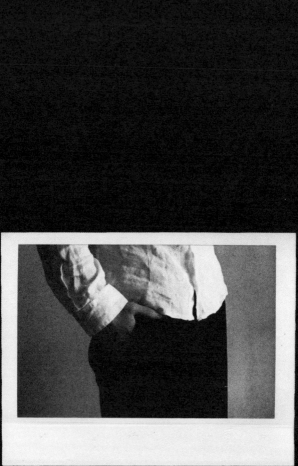

tridimensional

o paraíso fica
no segundo caneco cheio de água
que você é obrigada a levar
pro paraíso.
com sede
o paraíso engole o paraíso
e isso que você sente
por dentro
quando se deita ao lado do paraíso-paraíso
é paraíso-paraíso-paraíso também
o resto você pode chamar de amor
vão chamar de pecado
de crime
e de doença
mas o nome certo para isso,
paraíso-paraíso,
é amor

morango do nordeste

and after all, we know, deep down, por dentro. nada pode mudar a saudade que sentimos das coisas. pois é, exactly. segue inalterável e de aço. a saudade sublime, isto é, aquela que ainda baterá nos seus ossos quando você estiver ótima. nada te falta. mas ela chega. diz hi. fica por doze horas. some nos comerciais da tv. some quando você atende uma ligação. some quando você se distrai numa conversation. some por quatro dias. e volta, just like that. in a snap. knock you down, so easily. passa sutil pelo seu corpo, slowly, as if it were a eu nem sei o quê. como essa outra coisa voando, cortando o céu, distanciada do avião. sutil, sutil, delicate. oh, darling, morango do nordeste. lá vamos nós de novo. a saudade sublime, such a sucker, não se explica. às vezes é quase certeza que foi por causa do que se estava comendo, que trouxe a memória fresca de um outro dia. às vezes não foi nada. não tinha nada, nem pra quê. dois murros no queixo and kick me in the feelings. ajo naturalmente. pessoalmente, quero dizer, na parte de fora de mim, quase que ninguém repara. os parentes, os amigos, as paredes, as gavetas. and life goes on. what am i supposed to do with this? if you don't know, neither do i. lavo meus vegetais in the kitchen. you cross my mind. me abaixo com cuidado na hora de jogar as cascas fora, pra que você não escorregue e caia da minha cabeça. hey, hey, ai, ai. a saudade sublime... oh, baby, such a fucker.

we all wish we were cats

No fundo, eu gostaria que você soubesse
que assim como os gatos que aparecem miando
na porta da sua casa
se eu também tivesse a chance
se eu também tivesse o muro
se eu também tivesse a fome
na verdade, a fome eu tenho
mas se eu também tivesse as garras
se eu também tivesse os pelos
se eu também tivesse as ruas
e sete chances
eu também te pediria pra entrar
eu também comeria da sua comida
eu também me atiraria aos seus pés

Eu abri a porta pra você ir embora
enquanto você ainda limpava
os pés pra entrar

não sei se por pessimismo
ou se por costume.

o mais engraçado ~~é~~
~~sabe~~ sabe o que é? → ou o que foi

Me preparei toda
pra esse momento
(que sempre chega)
e dou mesmo assim

(eu lembro de tudo)

Eu sei que essa analogia não faz
muito sentido
porque sempre sou eu quem
vai embora
(sempre por proteção)
(sempre porque algo me empurra
pra porta)

Eu juro a você que eu queria
ter ficado.
Eu juro a você que eu queria que
você tivesse segurado meu
braço. SINTO MUITO POR NÓS DUAS.

tântrica

Minhas mãos nas tuas mãos
Meus ossos nos teus ossos
Meu molhado no teu molhado
Meu peito no teu peito
Meus sonhos na tua língua
Minha calma no furo do brinco da tua orelha
Minha segurança no teu umbigo
Meu ciúme na pinta da sua perna
Meu tempo nas tuas unhas
Meu lugar é aqui

Amoremio, se me ver na rua e estiver de carro, passe por cima de mim com a boca

Linda, se me ver na rua e estiver a pé, no sinal fechado, me atravesse

"REGISTROS DO MEU APAGAMENTO"

quando se é uma garota que gosta de garotas "colega" é um dos muitos nomes para substituir a palavra namorada

não é engraçado que algumas coisas nos apaguem como se fosse borracha?

esse bilhete aparentemente
inofensivo me fez chorar
por quatro horas

e todas as vezes
que sou apresentada
ou tratada como "colega"
eu ainda choro

acho que nunca vou
me acostumar

em ser

invisível.

(EU ERA A PORRA DA SUA NAMORADA).

flebe

Te odeio um pouco
Por não ter tido coragem
De enfrentar o mundo todo
Pra continuar morando
Na parte de dentro da minha blusa
Te odeio um pouco
Por sempre ter dito que tinha coragem
Mas na hora ter simplesmente
Desaparecido
Te odeio um pouco
Porque eu te procurei
Em sessenta e três ruas
Em duas cidades
Em quatro prédios
Em uma praça
Em cinco meninas
Você não sabe
Mas eu cruzei
Por incontáveis lugares
Esperando que você aparecesse
Do outro lado do vidro da janela do carro
Eu chorei muito
Quando você
Desapareceu completamente

Eu te escrevi cartas
Eu contei os dias nos dedos
Eu beijei sua medalha que ficou comigo
Eu me acertei com Deus
E orei por você
Eu pedi que
No meio de um sábado
Você aparecesse do nada
Na parte de dentro da minha blusa
E me dissesse
"Ei, eu voltei
Eu tenho coragem
Era verdade
Aquilo tudo o que eu disse"
Mas a única coisa que eu ouvi
No meio de um sábado
Foi o comercial da televisão na sala
O barulho do som na rua
A torneira da pia ligada
Tudo completamente normal
Como se você nunca tivesse existido
Como se você fosse
Uma grande miragem na minha cabeça
Eu falei de você injustamente
Pra todas as meninas que eu procurei
Pra todas as meninas com quem eu me deitei
Pra todas as meninas que eu tentei fazer
Caberem dentro da minha blusa

Então acho que é normal te odiar um pouco
E te botar num livro de poemas
E torcer para que você o compre
E que você lembre
E que você saiba
Que mesmo que você tenha
Perdido a coragem
E aceitado as circunstâncias
Deus me deixou ter
Uma despedida
Aquele vento
Que entrou no seu quarto
Era eu

Você lembra aquele dia que a gente saiu no meio da noite (tarde pra caralho) pro comprar açaí? E aí choveu em nós duas e quando a gente voltou toda enxarcada desviando de mil poças de água e teve aquela crise de riso, porque a gente nem tava acreditando que tinha feito isso
Antes de virar costume,
tô falando daquela primeira vez de todas quando eu olhei pra você naquele dia naquela hora, naquela fração de segundos eu pensei poxa... quero passar o resto da minha vida com essa menina...

Acabou que eu não passei, né?
mas você lembra desse dia?

even my phone
misses your call
by the way

e um pouquinho do braço

Você
Minha musa
Minha noite enevoada
Meu comboio de pássaros
Meu dente de prata
Meu banho tomado
Minha unha cortada
Minha vontade de dar para
Minha vontade de comer
Você
Minha arritmia cardíaca
Meu conto de fadas
Meu quinto dia útil
Minha beira de praia
Uma cachaça de dar tontura
Uma cintura de querer cachaça
Você
Meu lado de dentro
Meu avesso dobrado
Uma peixeira amolada

A gaiatice do gato
Aos meus dedos tatuados
Aos meus beijos molhados
Você
Uma bicicleta sem freio
The one and only
O sol quando veio
Um querer de fome
Que tremeu minha mão
Que gemeu o meu nome
Distante, distante
But still fucking want me
É você
Baby,
Minha musa
Codinome beija-flor
por Cazuza
Quem eu quero que se foda.
Eu ando tão down nessa porra.
Devolva a minha blusa.

me abrir uma porra

você fez eu me sentir completamente especial
e eu não queria me abrir
e te expliquei os meus motivos
pra não querer me abrir
e te falei exatamente quantos quilos eu pesaria
se não tivesse o peso do mundo nas costas
e quantas vezes meu coração bateu
por segundo
antes de parar pra dormir
eu te contei
tudo o que eu já fiz de ruim
e tudo o que de ruim fizeram comigo
"e essas coisas que doem demoram",
eu disse
e você fingiu que ouviu
ou realmente escutou
(se escutou, foi pior)
você me chamou pra entrar
você sugeriu que eu me abrisse
"você deveria se abrir",
você disse
eu olhei pra você
por trás da fumaça do cigarro
e pensei

então pronto
essa é a hora
enquanto você ria
eu não te disse diretamente
mas eu me abri

antes de você
fazer comigo
quasexatamente
o mesmo
que você disse
que não acreditava que tinham feito comigo
antes dessa bomba-relógio
de sentimentos
explodir as paredes
do quarto onde meu coração
dormia tranquilo
eu não te disse
mas eu cantarolei sorrindo
todas as músicas que tocaram no uber
na minha volta pra casa

você não merece um poema,
não ache que isso é um poema pra você.

isso é um lembrete pra mim mesma:

toda vez que uma menina fizer
você se sentir
completamente especial
"você deveria se abrir"
dê risada em resposta
por trás da fumaça de cigarro
chame um uber
cantarole músicas
e deixe seu coração dormindo

hiatus

sinto saudade de adorar pernas específicas me botando em
    monopólio

adoro várias
nada me prende

isso é bom
mas atrapalha um pouco o andamento de alguns poemas

prece

deus me livre de amor.
se deus quiser eu não me apaixono é nunca mais.

tomara que deus não queira.

duelo

estou ótima sozinha
alguém poderia chegar
quando fico sozinha presto mais atenção em mim
e me dar um beijo no olho
gosto quando meu mundo gira em torno de mim mesma
e me oferecer um peito onde deitar
gosto de decifrar meu silêncio
e me oferecer um céu de boca
ser sozinha também tem sua beleza
onde eu possa pendurar estrelas

fade out

Bicha besta,
Num vê que eu to dançando forró de costas
Que é pra não olhar pro nosso fim
Olha nosso fim chegando
Queria que fosse mentira
Queria que fosse junho
Queria que esse forró não tivesse tocando
Apenas na minha cabeça
Vou fazer como sem seu peitinho
Me diga
Sei que precisa acabar
Deu o que tinha que dar
Vou fazer como sem seu peitinho
Me diga
Essa coisa de ser amiga depois vai dar é em nada
No primeiro ciúme você não quer mais me ver
Eu não quero mais te ver
Você não muda
Eu não mudo
A gente se ama
E tá acabando assim mesmo
Não tem o que fazer
É tragicamente bonito

Samo dois carro se batendo
Assunta o céu arrupiado
Dando tchau pras nossas cruzadas
Eu e você
Duas meninas
Eu e você
Dois bichos
Eu e você
Peladas
Nuelas
Ajuntas
Tomando banho
Antes da brigalhada toda
Antes da caralhada de coisa que você me disse
Antes de tudo de que eu te acusei
Antes dessa gente toda se meter
Antes de a gente dar ouvido
Antes de você acreditar
Antes de eu desistir e largar de mão
Era nós duas
Eu e tu
Agarradas na hélice do ventilador
Girando girando girando

girando girando

antes do fim éramos o tempo

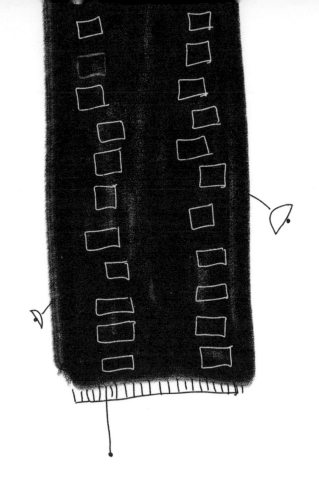

POR QUE ESTAMOS
DE CABEÇA PRA
BAIXO?

ALGUÉM
DO PRÉDIO
SE APAIXONOU

CONTRATARAM UM POETA
NO LUGAR DE UM
ARQUITETO

MAS POR QUE ACONTECE
ISSO COM O PRÉDIO TODO?

SIM

ENTÃO SEMPRE FICAREMOS
DE CABEÇA PRA BAIXO.

POR QUANTO TEMPO?

suicidas românticos

gosto das pessoas
que ainda morrem de amor.
que, numa desilusão amorosa,
fantasiam jogar-se
da janela
não física, mas intimamente
dentro de nós existe
um prédio de doze andares
pulam dele,
bregas e exageradas.
ainda vivas,
contam
detalhadamente
como morreram
antes de ontem.

LISBELA ~~o prisioneiro~~ e a PRISIONEIRA

Eu vejo filme demais, acabo tendo esperança

No fim das contas
Hei de me esbarrar de novo
Com essa coisa chamada amor
Que botamos na boca e tiramos
Botamos embaixo do travesseiro e dormimos
Botamos na terra e plantamos
Botamos no prato e comemos
Botamos na cama e engolimos
Botamos nos olhos e fechamos
Botamos nas mãos e abrimos
Botamos nos pés e dançamos
Botamos no vento e sentimos
Botamos no peito e ouvimos
Botamos nas reticências e deixamos
Botamos no céu e nos sinos
Botamos sinais pelos cantos
E assim vamos indo
E quando nos esbarramos
De novo botamos
Na boca e tiramos

oxe
baby oxe b
oxe baby oxe bal
oxe baby oxe baby o
baby oxe baby oxe bab
oxe baby oxe baby oxe b
oxe baby oxe baby oxe bab
baby oxe baby oxe baby oxe
oxe baby oxe baby oxe baby o
baby oxe baby oxe baby oxe b
oxe baby oxe baby oxe baby ox
baby oxe baby oxe baby oxe ba
oxe baby oxe baby oxe baby ox
baby oxe baby oxe baby oxe ba
oxe baby oxe baby oxe baby ox
baby oxe baby oxe baby oxe b
oxe baby oxe baby oxe baby
baby oxe baby oxe baby oxe
oxe baby oxe baby oxe bal
baby oxe baby oxe baby
baby oxe baby oxe ba
oxe baby oxe baby
baby oxe baby
baby oxe

you
said go, i said oxente /
deportada por tu do país das tuas
pernas / para um novo amor lá vai ela / o
cabelo trançado foi eu que fiz / vai deitar num peito
que não é o meu / pra contar histórias que eu já sei de cor
/ vai esquecer de mim / vai lembrar / vai esquecer de novo /
serei essa coisa que dá e passa / que passa e volta / que volta e vai
/ serei o ex-amor / a primeira menina pra quem ela tirou a blusa do
corpo / a primeira menina pra quem ela tirou um eu te amo da garganta
/ e agora eu não sirvo mais / mas história boa de amor é assim mesmo /
são essas que terminam / sem ninguém entender nada / porque se a gente
entende / todos os porquês / não tem pra que ficar se lembrando / e ficar se
lembrando é uma delícia e uma desgraça / sobretudo uma delícia / quando os
nós se desfazem / e cada menina toma seu rumo / sem saber o que aconteceu
direito com o nó / fica uma sensação de amarro / que vai e volta / e volta e
lembra / e lembra e esquece / e dá e passa / com sorte, ela ainda vai lembrar de
mim / numa tarde qualquer / daquelas entediantes e ensolaradas / vai pensar
por um tempo e acabou / com sorte, eu também vou lembrar / vou escrever
um poema sobre a lembrança / vou botar no fim de um livro / e depois vai
passar / até que volte de novo / uma lembrança enfeitada de uma memória
bonita / — completamente inalcançável pelas palmas da mão — / ainda
que dance bem na frente dos nossos olhos / Nunca poderemos ser de
novo / Ou viver novamente / Aqueles dias superfinos / Como sopros
de gaita / Onde tudo do que parecia se precisar na vida estava ao
alcance da boca da outra / Caem-se os dominós / É o fim
de um romance / Estamos em paz com isso / Estamos
em paz com isso? / "Go!", gritaremos pra nossa
memória / Certa de que fomos nós que a
chamamos, ela indagará: / "oxe,
baby? oxente?"

Aprender a ser sozinha foi ~~definitivamente~~ definitivamente uma das lições mais importantes de toda a minha vida. Principalmente porque se descobrir léshica meio que já vem acompanhado de uma pressa absurda de se receber amor válido e isso acaba fazendo que boa parte do tempo de vida seja encontrar romance e se esquece que léshicas ~~são~~ ainda são léshicas em sua solidão e que na verdade a solidão faz parte de todo o processo de — além de léshica — ser um bicho vivo qualquer.

Transformar a solidão em solitude é a chave.

Quando se aprende a ser só, se ganha eternamente uma companhia — a sua própria. Se estou numa sala sozinha, estou comigo.

É bom ter em mim coisas que ninguém pode tirar.

Doeu, mas aprendi. — Dayne Barta

pacto

Prometo a mim mesma
Que nunca vou permitir
que alguém incline a coluna do meu valor
Eu também sou alguém

cítrica

não quero estar com uma menina
que só deseja que eu a deseje
e não me deseja de volta com o fervor que eu vejo nos
filmes
não quero meninas que não têm
pressa para desabotoar minha camisa
e que não o fazem
com a velocidade de um fórmula um

não quero quem quer que eu queira e querendo sozinha
não tenho um querer de volta

dentro de um blazer
eu também sou menina

quero que me paquerem como querem que eu
pa-queira, como querem que eu me levante e tome
uma atitude como quando queremos frutas em ár-
vores muy altas

dentro dessa casca
eu também sou menina

quero que me olhem com olhos de fome com olhos
de amor com olhos de beijos com olhos gigantes
com olhos com braços que esticam as mãos para
árvores muy altas

presa nesse galho
eu sou muy menina

você que me pegue, linda!
você que me pegue!

SE PRONUNCIA
É-LÁYNE
BÁ - ÊTA

o ego de um poeta não sabe dançar

Eu sou sua autora favorita
Lamba-me lamba-me lamba-me
Beije-me Beije-me Beije-me
Coma-me Coma-me Coma-me
Que minhas palavras matem sua fome
Que meus versos afoguem sua sede
Que você eternamente me ame
Mesmo sem decorar o meu nome
Leia-me leia-me leia-me

Meu nome é Elayne Baeta. Tenho 23 anos. Nasci em Salvador, na Bahia. E eu tenho a bravura de ser vulnerável.

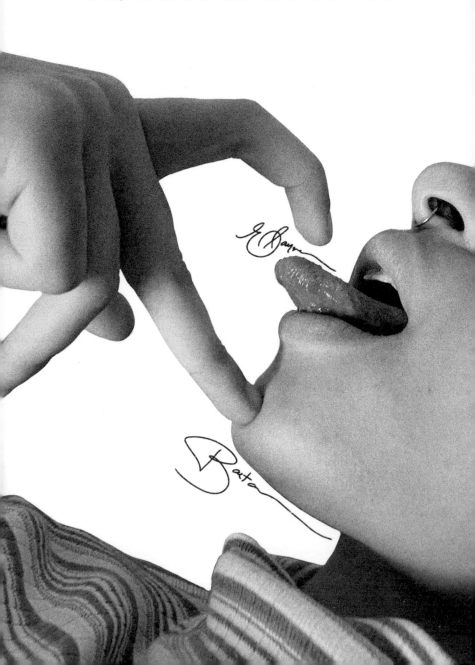

índice

warning	8
o processo evolutivo das borboletas	11
descoberta	12
nervosismo	17
você sabe do que eu estou falando	20
até esse bicho pequeno que voa sabe	23
cine itaguari	25
humaitá	27
mary jane watson	29
conselho pré-histórico	30
não é só uma fase, são inúmeras	33
adrenalina pura	37
orgulho	39
pronunciamento	40
lésbica o tempo todo	43
anatomia do poema	45
sold out	46
morcegos no estômago	49
eu sou você	53
a súplica das orelhas	55
poema das grandes verdades	59
samurai	60
dúvida	63
coração de rapadura	65
hey by pixies	67
maria do amparo	71
the eyes, chico, they never lie	73

me vê um buquê	**75**
Zantedeschia aethiopica	**79**
sexting	**81**
internacional romântico	**82**
gringa, wait, don't bomb me	**85**
Liv Tyler	**87**
partida	**88**
o carro	**91**
estrangeira	**92**
40000-000	**95**
fronteira	**97**
ideais	**99**
exílio	**101**
últimas palavras antes da guilhotina	**105**
a parte cuspida de nós	**106**
insegurança	**111**
agora eu sei o que você fez comigo	**113**
memórias póstumas	**117**
subterfúgio	**121**
merendeira do piu-piu e frajola para guardar a vontade de deus	**123**
quem pode ir a Caraíva?	**124**
daddy shory lory gary floury dury plury sary	**128**
meio século	**132**
pode	**137**
apesar de ter partido, saibam que não fui embora	**139**
a sutileza da insignificância	**140**
desperdício	**143**
encontro	**145**

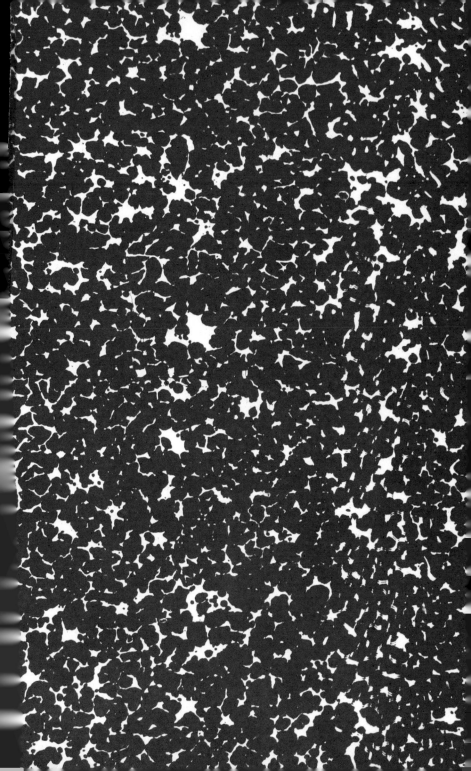

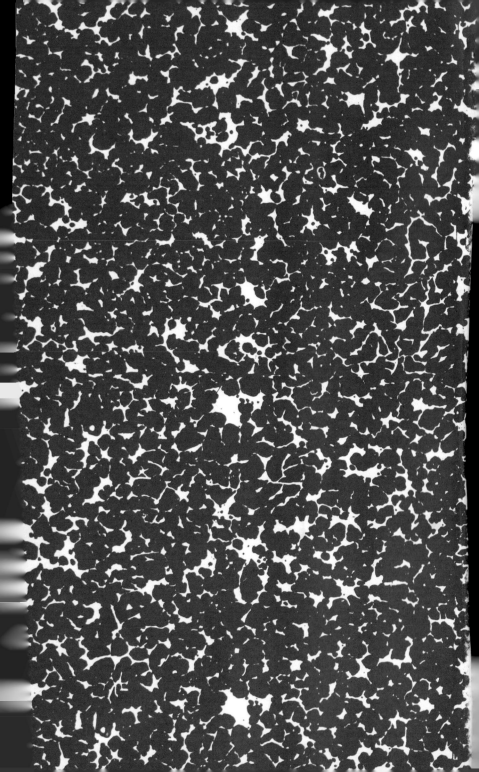

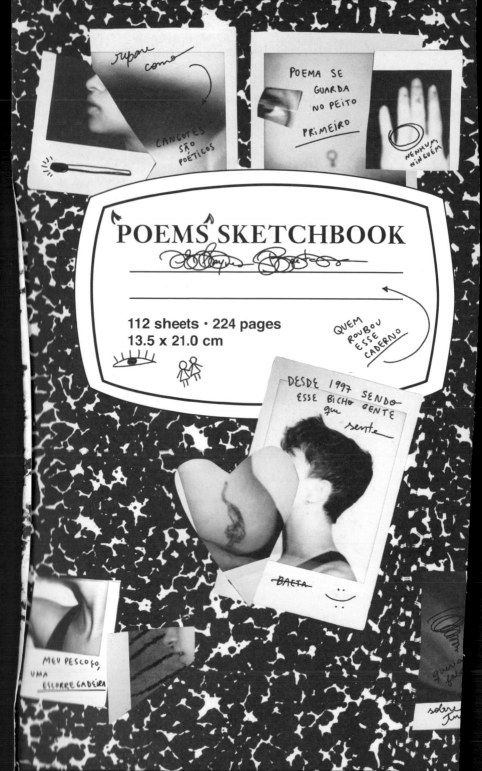